CROC-BLANC

L'HISTOIRE D'UN CHIEN-LOUP EXTRAORDINAIRE

Adaptation : Valérie Latour-Burney

GALLIMARD JEUNESSE

Blotti contre l'épaisse fourrure de sa mère, un louveteau observe avec curiosité la lumière au bout de sa tanière. Le soleil brille sur le Grand Nord canadien. La nature y est immense. Tout intrigue le louveteau, qui s'aventure dans la vaste forêt. Heureusement, sa mère, Kiché, est là pour le protéger et lui enseigner les lois de la vie sauvage. Avec elle, il ne craint rien.

Le louveteau a tout à apprendre : chasser, nager, éviter le danger... et se battre pour survivre. Car, dans le monde sauvage, même une louve peut être en danger. Un jour, un lynx furieux se jette sur elle. Kiché lutte comme une guerrière sous les yeux terrifiés de son petit. À coups de griffes et de crocs, elle parvient à repousser le lynx. Mais Kiché est gravement blessée à la patte. Maintenant, comment faire pour trouver à manger ?

Seule au monde avec son petit, Kiché sait qu'ils ne survivront pas à l'hiver. Elle doit trouver de l'aide. Alors, vaillamment, elle part en boitant dans la neige sur la piste du camp indien où elle a vécu. Castor-Gris, le chef de la tribu, est heureux de la revoir. Le louveteau, lui, est inquiet : il gronde. Amusé par ce petit qui montre déjà les crocs, Castor-Gris l'adopte aussitôt et déclare : « Nous t'appellerons Croc-Blanc ! »

Chez les Indiens, Croc-Blanc découvre les lois des humains. Vagabonder dans la forêt lui manque, mais il imite sa mère et obéit à Castor-Gris. Peu à peu, il apprend à devenir un chien de traîneau. Les autres chiens n'apprécient pas ce chien-loup venu du monde sauvage. Croc-Blanc doit alors montrer les dents pour gagner sa place de chef. Enfin respecté, il tire l'attelage de son bon maître Castor-Gris avec joie et fierté.

Mais la paix du camp est menacée par la folie des hommes blancs. Ils veulent prendre la terre de la tribu pour y chercher de l'or. C'est injuste ! Et Castor-Gris ne se laissera pas faire. Il décide d'aller à la ville pour y vendre des moufles en peau de castor. Il gagnera ainsi de l'argent et rachètera la terre de ses ancêtres. Une fois les moufles prêtes, Castor-Gris embarque sur son canoë avec Croc-Blanc. Direction Fort Yukon !

À Fort Yukon, Castor-Gris et Croc-Blanc découvrent un monde bruyant et violent. Des aventuriers de toutes sortes débarquent avec des rêves d'or. Parmi eux rôde Beauty Smith, un escroc au cœur de pierre. Il piège Castor-Gris et lui vole son fidèle compagnon. Tombé entre les mains de cet homme cruel, Croc-Blanc pleure la perte de son maître aimé.

Beauty Smith est persuadé de pouvoir gagner beaucoup d'argent grâce à Croc-Blanc. Il va parier sur lui lors d'atroces combats de chiens. À coups de canne, son complice dresse Croc-Blanc pour en faire une bête assoiffée de sang capable de tuer d'autres chiens. Puis, Beauty Smith le lance dans la fosse. Là, entouré de parieurs surexcités, Croc-Blanc se bat avec rage pour survivre. Il n'a pas le choix.

Jour après jour, Croc-Blanc affronte des molosses effrayants. Sa vie n'est plus qu'un cauchemar sans fin. Heureusement, tous les hommes ne sont pas aussi mauvais que Beauty Smith. Et un homme juste et bon croise le destin de Croc-Blanc. Un soir, alors que Croc-Blanc est sur le point de perdre un combat, un coup de feu retentit. C'est le pistolet du marshal Weedon Scott, qui arrête cette tuerie illégale. Croc-Blanc est sauvé !

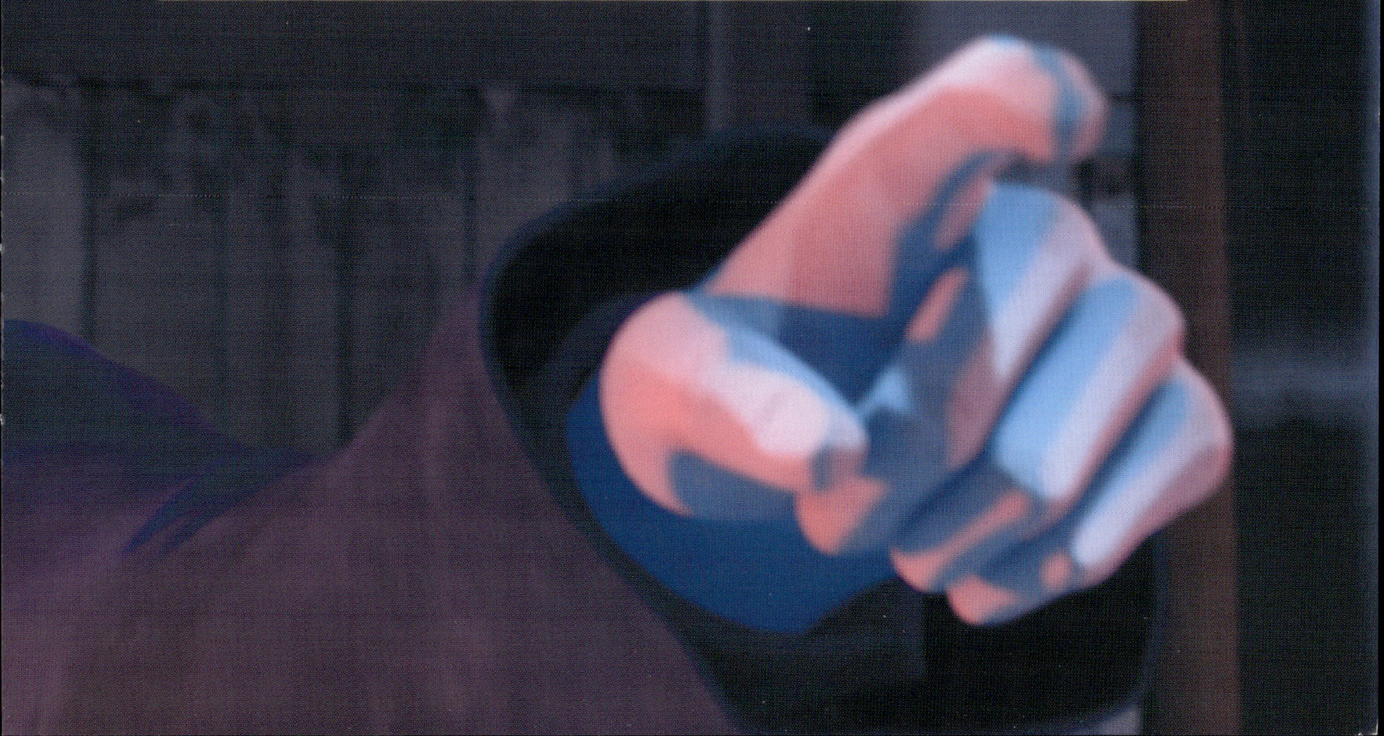

Le lendemain, Croc-Blanc se réveille sur une couverture. « N'aie pas peur. Tiens, voilà à manger », lui dit Maggie, la femme du marshal. Recueilli par les Scott, Croc-Blanc reprend confiance. Avec les caresses de Maggie, il retrouve la douceur de Kiché. Et il marche avec Weedon comme il marchait aux côtés de Castor-Gris. Pour ses nouveaux maîtres, Croc-Blanc arrive même à maîtriser son instinct sauvage et se laisse picorer par les poules dans le poulailler au lieu de les manger !

Croc-Blanc se sent bien dans sa nouvelle vie. Malheureusement, Beauty Smith a retrouvé sa trace. Aidé de son complice, il prend Maggie en otage. Quand il aperçoit Beauty Smith, Croc-Blanc est submergé par la peur et le souvenir de sa violence. Mais il aime ses maîtres plus que tout et gronde avec férocité. Terrorisés, les bandits lâchent prise. Croc-Blanc montre les crocs, sans jamais les planter, et réussit à neutraliser les deux crapules !

Même si la paix est revenue à la ferme, les Scott ont choisi de partir vers des contrées où l'hiver est plus doux. Croc-Blanc les accompagne. Dans la carriole, le regard perdu vers la forêt et le ciel, il semble dire adieu à la nature sauvage. Mais au fond de lui, il n'est pas prêt. Weedon et Maggie comprennent. Émus, ils disent au revoir à leur ami et caressent une dernière fois sa fourrure. « Tout ira bien », le rassure Weedon. « Merci pour tout », souffle Maggie. Alors, Croc-Blanc s'élance, libre et heureux, dans le monde sauvage. Chez lui.

SUPERPROD, BIDIBUL PRODUCTIONS et BIG BEACH présentent
Un film de Alexandre ESPIGARES, d'après l'œuvre de Jack LONDON - Avec les voix de Virginie EFIRA, Raphaël PERSONNAZ et Dominique PINON - Scénario, Adaptation et Dialogues : Dominique MONFERY, Philippe LIORET et Serge FRYDMAN - Direction artistique et création graphique : Stéphane GALLARD - Création graphique des personnages : Antoine POULAIN - Chef décorateur : José MARTINS - Supervision : Yann AVENATI - Musique originale : Bruno COULAIS - Musique interprétée par l'Orchestre Philharmonique du Luxembourg sous la direction de Gast WALTZING - Production exécutive : Lucie BOLZE - Produit par Clément CALVET et Jérémie FAJNER, Lilian ECHE et Christel HENON, Marc TURTLETAUB et Peter SARAF.
Une production France – Luxembourg, produite avec la participation de CANAL +, CINÉ +, FRANCE TELEVISIONS – En coproduction avec France 3 Cinéma - En association avec WILD BUNCH et CN5 PRODUCTIONS - Avec le soutien du FILM FUND LUXEMBOURG, Centre National du Cinéma et de l'Image Animée, de la REGION LA REUNION, de la REGION PROVENCE-ALPES-CÔTE D'AZUR, de la REGION GRAND EST, de la REGION NOUVELLE AQUITAINE, du DEPARTEMENT de la CHARENTE, de la PROCIREP, de l'ANGOA, de COFINOVA, BACK UP MEDIA, en association avec BMK – BACK UP MEDIA.
Ventes internationales : SC FILMS.

Conception de la maquette : Thierry Sestier

Loi n° 49-956 du 16 juillet 1949 sur les publications destinées à la jeunesse

Numéro d'édition : 325377
Dépôt légal : mars 2018
Imprimé en Italie par Cooperativa Lavoratori Zanardi